歌集

胡麻よ、ひらけ

草柳繁一

第一歌集文庫
GENDAI TANKASHA

目次

歌集

胡麻よ、ひらけ

ゆっくり、できれば声にだし、思い入れよろしく、読んでください。

著者

胡麻よ、ひらけ

戒名

草《くさ》柳《やなぎ》繁一《しげいち》享年《きやうねん》二十六《にじふろく》情《じやう》火《くわ》消《せう》滅《めつ》嘆《たん》息《そく》信《しん》士《じ》

堀川

堀川の石垣は蔦の生ひ垂れてどの蔦の葉も上を向く

ひそひそと風集りて

ひそひそと風集りて森の中に言葉交してゐたりと言へり

遠き声

我つひに心とどまりがたくして受話器に遠き声を呼びてゐる

限りなく曠き樹林に

限りなく曠《ひろ》き樹林に跳ぶごとく逃るるイヴと追へるアダム見ゆ

前の世の

前の世の楽しかりにし石くれが仄仄《ほのぼの》歌ひいだす夕べなり

いまわが想ひ

いまわが想ひ飛躍して揺れつつぞ天に昇りてゆく魚《さかな》たち

川音を聴く

乳いろの重き流れのあひだよりおこる寂しき川音を聴く

猿の啼く屋上園

猿の啼く屋上園にのぼり来て歩みをれどもこころ空なり

檻の中

猿二匹蚤とり遊ぶ檻の中に紛れもあらぬ淋しさがあり

鷗

あてどなき音いろにて啼く鷗らが堀割の上をとび交ひゐたり

女など

女などわれ信ぜねど心中のこのさびしさは在るものなり

Argus の見張番

アルゴスの見張番《みはり》のごとき夜《よ》のわれを哀れ悲しとひと言ふらむか

女のゆゑに

今宵ふと思ふ神霊エブリスも女のゆゑにアダムを逐へり

胡麻よ、ひらけ

胡麻よひらけ胡麻よひらけといふ声の低き呪言《じゆごん》の今宵きこゆる

椎の木

物語の世界にては眼《まなこ》動かせて会話おこなふ椎の木ぞこれ

去者日疎

思ひ出のなかに清まる君と思ひ去る者日日に疎しとも思ふ

飛行機が

飛行機が空に浮かびて飛べる日は眼《め》とぢ眼ひらき淋しくてならぬ

嘔吐

消火栓いだきて嘔吐する時にとほき歩道にひと暗くたつ

頭蓋骨の中に小鳥が

頭蓋骨の中に小鳥が栖むといふかなしきことを考ふるなり

皎皎と月照る夜半に

皎皎と月照る夜半にわが酔ひてゆくかた知れずなりし帽子よ

前をゆくをとめ

隔りてわが前をゆく少女《をとめ》あり松林ぬけ石橋わたり

白蛇塔

白蛇塔といふ不明なる標柱がわが視野の中に立つゆゑさびし

海老茶のソフト

幸福を祈りますなどとこのわれが海老茶《えびちゃ》のソフト傾けて言ふ

死にてゐし二人

死にてゐし二人立ち上がり刃合《やいば》はすややありて鞘に納めて去れり

墓

談話など交してゐるがごとくにて二つの墓が風のなかに立つ

片目をあけて

男女らの睦めるさまをベンチよりわれは見てをり片目をあけて

蛇

ニヒリストなれどもわれは蛇《くちなは》と狭き路上に相対したり

よなよなに

よなよなにわれのおこなふ Gedanken Onanie こよひ誰をし枕《ま》かん

からだより皮膚干乾びて

からだより皮膚干乾びて剝がれゆく思ひ湧く時われ立ち歩く

からだより剝がれ落ちたる

からだより剝がれ落ちたる淋しさを掃き集め裏の溝に捨てにゆく

キリスト

キリストが麺麭《パン》あたふるに似たるかなつぎつぎ身体《からだ》任せゆくゆゑ

三十而立

三十にして志立たざればダンスホールに来て踊る哉

天保水滸伝

独房の中にてわれは声を絞り語る浪曲天保水滸伝

わがからだ

わが身体《からだ》猫背なしつつ息を継ぐ禁欲をしてひと日籠るに

ガスマスク

階段の薄暗がりに吊るしある口の尖りしガスマスク

鰈

鰈《かれひ》をば尾刺しに刺して吊り下げぬ五尾《ひき》の鰈みな口をあく

蝮の裔

基督はわれにむかひて憐憫《れんびん》し爾《なんぢ》、蝮《まむし》の裔《すゑ》よとぞ言ふ

妹

貧しさの常控へ目の面伏せて未来を描くいもうとを持つ

妹

幼な子に乳与へゐる妹よわれの背後に寝そべりながら

一日の労苦

一日《いちにち》の労苦は一日にて足れり耐へつつあればその声をきく

桜

父が生《あ》れし字《あざ》塔の沢けふくれば桜咲きたり沢を回《めぐ》りて

ひともとの葵の花

ひともとの葵の花の周囲《もとほり》の柔かき土踏みてゆきたり

青き漣

宿いでてわが徊《もとほ》りは木《こ》の暗《くれ》の青き漣《さざなみ》を見にぞ来にける

鳥あまた

鳥あまたここの岸より羽搏《はばた》きて寒き入江を飛び移りゆく

岸壁に

岸壁に繋留されてゐし船の港の外にいでてゆきたり

少女

饒舌も少女にありては愛らしく雪沓を履き毛布《ケット》被りたり

青森

吹雪の過ぎし一日《ひとひ》に我は来てその平らけき雪の上歩《あり》く

品川の沖の汽笛

つまらなくわが青春は過ぎゆくと夜明けの硝子少し濡れてゐる

寝そべりて我はききをり品川の沖の汽笛の現無《うつつな》の音

床《ゆか》の上《へ》に散らばる果実夢むれば眠りてゐたり朝かげのなか

或る夜のことなりしかど恍惚と蘇りつつ東雲《しののめ》は来ぬ

顔覆ひ暗き小部屋に屈まれば人は囁く戸に集ひ来て

策略をめぐらし今宵会はんとす月の出を待ち立ち上がりたり

木《こ》の暗《くれ》に立ちてゐにける手弱女《たわやめ》に小跳躍をして近づけり

戦後派《アプレ・ゲール》の汝《なれ》にし浮塵子《うんか》のごとく来寄る学生群を尽《ことごと》く憎む

壁の面《も》の暗きが中に消え失せて見えずなりしを佇《た》ち凝視《まも》るかな

解《げ》しがたく二十歳《はたち》の汝《なれ》の誑《たばか》りの愛に迷ひてわれはゐるなり

待ちぼうけ刻過ぎにけり凍りたる土の台《うてな》に頸垂るる我

あかつきの午前四時ごろ鶏《とり》鳴けり遠く心虚《うらそら》に鳴くはさびしき

冬木々の疎らの枝に諸人《もろびと》は吊り下がりつつ罰せらるるか
いざなひて入り来し路地の暗がりに愛のかたちの穢れゆくなり

物かげに立ち見送れば遠ざかる夜霧のなかの恋《こほ》しきものを

淋しき感動ありき愛するは罰せらるるがごとしといへど

諍《いさか》ひの果ての別離の味気なく寝につきがたき常夜《とこよ》なりけり

下膨れせるお多福と鼻低きヒヨツトコわれの恋にあらずや

巣ごもりて梢にあれば知り人ら竿ふりて山をのぼり来にけり

それから数年後

婀娜《あだ》として妻ゐたりけり雪暗くしきりにつもる夜《よる》といへども

水爆の時代といへど明けがたに酔ひてもどれば妻怒りたり

抗《あらが》ひて妻のジユノーのをるときに夫ジユピターは寄りつかざりき

風を孕むヨットのごとき幼年期過ごせとおもふいま満の五歳

幼な子はまなこ瞑《つむ》りてわが翳《かざ》す魔法の杖の下にきたりぬ

庭くさの吹かるるなべに遊ぶ子のこゑは歔欷《きよき》するごとくきこゆる

部屋歩く蟋蟀《あり》ひとつ我は逐《お》ひわが背後《うしろ》より妻と幼子

妻と子が夜の厨にうたふ声織りなす声の聞こえてゐたり

猿飛佐助

猿飛佐助

茶碗より煙のぼりて現るる霧隠才蔵・猿飛佐助

金沢文庫にて

下《さが》り眼の優婆離《うばり》は怕《こは》し上《あが》り眼の舎利仏《しやりほつ》可笑《をか》し在り立たしけり

大沢澄子

なよなよと臀《ゐしき》ふりつつ来れるはひとこそ知らね大沢澄子なり

幻に蝶々・蜂が

幻に蝶々・蜂が眼交《まなかひ》をめぐりとぶとぞ酒中毒は

わがからだ

わがからだ縒《ねぢ》れて夜のひきあけに酔を吐きつつゐたり淋しや

虚しき夜々

妻つねに慎《いか》りの論理組み立てて虚しき夜々を坐りゐるなり

神のまにまに

才覚なき夫と浪費の妻とゐてあひ争ひき神のまにまに

絞首刑

あかつきの絞首刑終りゆきしのちなほしばらくの夜つづきけり

蛾

昧爽《あけがた》の神秘なりしがひらひらと蛾はとびゆけり煉瓦塀より

こころの跳躍

受話器より妻の声するわがこころの跳躍としも譬ふべきこころ

四月五日午後の二時ごろ

四月五日午後の二時ごろ天《あま》のはら浮遊しゆける白雲《はくうん》のむれ

永遠を

永遠を吾《わ》れは乞ひ禱《の》む妻のためまたひとつには幼な子のため

あてどなく曇るこころ

あてどなく曇《くぐも》るこころ妻謎のごとくに笑ふこともあらなくに

神話

Argus《アーガス》の百箇ある目の一つ宛《づつ》眠りゆくとふ神話悲しき

一日の労苦

一日《いちにち》の労苦終りぬ俗吏としあり経きたりしこともかなしも

小水泡

いちめんに小水泡の吹きいでしわがてのひらはいかにかもせん

湧念没念

衰へしわれのこころの湧念もまた没念も永久《とは》にさびしき

そのかみの婀娜たる妻を

そのかみの婀娜《あだ》たる妻をこのわれは吉祥天のごとく恋ひにき

破滅的なもの

浅き眠り深き眠りの夜な夜なを吾《あ》は破滅的《フェイタル》なものとぞおもふ

あまのはら縹渺

あまのはら縹渺としてをりたるに土の台《うてな》に暁がくる

死にむかひ総ては

死にむかひ総ては満ちてゆくといふ昼のこほろぎ夜のこほろぎ

草叢

草叢にわれ消え失せてその跡の石の上なる蟋蟀《いとど》一匹

暗黒に蟋蟀の声の

暗黒にいとどの声の満つるとき妻横たはれ聖母マリアも

塔

愛かよふ三人《みたり》昇天するごとく或る日塔《タワー》をのぼりゐたりき

闇のこほろぎ

妻も吾《あ》も永劫現世にとどまらぬものとおもへば闇のこほろぎ

むかしむかし

むかしむかしパーナッサスの山の樹は乳房を垂りて寄り集ひけり

杙

病むわれのからだのなかに縞なして杙のたつこそかなしかりけれ

伊藤和江

伊藤和江大沢澄子このふたり一人《ひとり》わが妻他は墓の下

怨みわび

怨みわび妻ゐたりけり酒のむとむらぎもをわれ働かすとき

なまけ者

なまけ者の夫を殺す人妻の悲劇おこりて新聞にのる

変幻を嘗て欲りしが

変幻を嘗て欲《ほ》りしがこの男消えて無くなることもなかりき

豆の木

豆の木をつたひて天にのぼりゆくジヤックのごとき男の子欲し

声

虚空より葛根湯《かっこんたう》を呑めといふ声きこえけりふた声み声

壁の中

短銃を壁に撃ちこみたりし時囁きおこる壁の中より

Daphne

Apollon は Daphne 追ひ駈けこのわれは伊藤和江を尾行してゆく

歩（ふ）

抗《あらが》へる妻の傍ら玉頭《ぎよくとう》に歩《ふ》を垂らされしごとくゐるなり

掌

てのひらの皮剝ぎとればSpoonや鳥の骨などがはひつてゐた

夥しき木の葉

夥しき木の葉をからだより落し嗟《ああ》死ぬ死んだ死んでしまつた

剰へ笑みを浮かべて

剰《あまつさ》へ笑みを浮かべて空蟬は当り馬券の払戻しに

うかぶ想念

わがこころこのごろ頓《とみ》に衰弱しうかぶ想念も啻《ただ》ならぬかな

春

東京は晴れ札幌は俄か雨水戸高曇り春のひと日や

宇宙船

生活の是《これ》もペーソス宇宙船ひとつ地球を浮上してゆく

草柳繁一　汝れは

草柳繁一《くさやなぎしげいち》汝れは毀れし甕水涸れし井戸病める膀胱

救ひなき四十暗

救ひなき四十暗己《くらがりし》がこころの苛だちながら衰へながら

薄倖のわが人生

薄倖のわが人生の了りなば妻の reach もとどかざるべし

こころのコレスポンダンス

木の間より此方を凝《じ》つと見定めてゐる眼がありと呟きけり

脳裏にて想ひ回らしゐるうちに零れて落つる一雫の涙

淋しけれど哀別離苦の人の世に娘ふたりを生き立たしめん

目覚めては独思に耽る眠りては夜明けに夢を鬱々とみる

荘周が夢に胡蝶となりて飛ぶ眩ゆき春になりけるかな

幼子とわれけむるがに廻《もとほ》れり桜堤やがて菜の花の道

ゆくりなく千鳥ヶ淵の辺《ほとり》にてわれに悲哀の念うごくかな

魚の骨すくすくと抜くむらぎもの心医《いや》さむためにあらねど

眼の赤き十姉妹は失明をするといふ巷説をきき寂しと思ふ

覘視孔《てんしこう》いくつつけたる中戦車の操縦席にゐたるまぼろし

心中に生《あ》るるくさぐさの感情のかけらといへどこの淋しさや

ヴイリエ・ド・リラダンの夜は白鳥が一羽あらはれ岸の辺にゐる

軽き眩暈《めまい》を起こしなどして変哲もなく人生をおくりゐる妻

よなよなの夢・幻に胸中の鬱を散じてゐたりける

指さきのささくれだちてゐることの虚しさむしろこころ凪ぐなり

蟹あまた汀《みぎは》をありく幻想がしばしばも現《あ》れしばしば消ゆる

岩の間《ま》のどの水溜りにもヒトデゐて落莫としてゐたり

夜来の雨降りやまぬまま暁のあかるきに降る雨となりゆく

＊

一頭の老いたる麒麟歩みくるわれのこころの秋風のなか

曇り日の東京湾につぎつぎと舞ひあがりくる飛行機の群れ

わが心の緑門《アーチ》の奥にはかなしや怪盗ルパン立ちゐるなり

遙かなる過去昭和九年暗き廊下を薬罐さげゆく少年ひとり

幻想か小現実か雨ひかる杭の巡りに猫五、六匹

これやこの心の交感《コレスポンダンス》或る夜閃き或る夜仄かに

七赤の午《うま》の吾嬬《あづま》に恋ひわたる六白金星戌歳のわれ

わがこころに丸・三角の悲しみの群あつまりて語り合ふなり

石が口を利けりといへり中国は晋の国魏楡の地の辺《ほとり》にて

空とほく雲上飛行してゐたるYS—11《いれぶん》に哀愁ありき

わが胸中一片の心燃焼しゐたりベトナムの平和念ひて

恐しきまでに寂しくなりゐたりてのひらの皮をわが剝きながら

逝く春や菜の花畑の傍らに小径と疏水、石橋と杭

閉ざされし一箇の心春の野にいでてあそべよ陽炎のごと

呪《まじな》ひのごとくに夜更け口遊《くちずさ》ぶ含紅集はあはれなりける

辞書引けば言葉哀しく連なれりペテンの次に反吐、反吐の次にベトナム

芸人の柳家三亀松も身籠りてそのひき語り聞くよしもなし

恐る恐る日本猫協会《J・C・A》を訪ねると猫が戸を開け出迎へにでた

*

春の日のうら侘びしさに想ふかな富山の鱒ずし森の烏賊めし

故《かれ》われは涙を落す一切《ひときれ》の辛子蓮根を口に啌へて

伊勢エビがマンハッタンを飲むときし尾鰭を反りて鯛寝そべれり

暗黒のわが内界を落下するイクラのCanapéカニのCanapé

行動の随所に我に中年の嫌らしさ満ち満てりと言へり

凝然とわれ佇《た》ちつくすゴーゴリの検察官の幕切れの如《ごと》

そのむかし救世《くせ》観音に願かけし鮑の貝の片想ひかな

白妙の笹蒲鉾に舌鼓われはうつなりまなこ細めて

ままかりを二、三尾はむ青澄める細身の魚《うを》の首刎ねたるを

いとほしむ娘名を左《さ》紀《き》九《ここの》つを姉の敏子の十六歳を

蹠《あなうら》の皮を剝《む》きつつわが独り砕けて物をおもふ頃かな

*

わが魂われのからだを抜けいでてストーブ燃ゆる傍らにゐる

ヴィヨン歌へり丈夫な滑車に吊り下げて肉屋のジョンを絞り首にと

萎びたる一箇を或夜垂りながらリハビリテーションのことも思へり

幽玄なミステリアスな一本《いっぽん》の灌木たてりわがまなかひに

こころの命ずるままに夜半をれどわが諸機能は仮睡《まどろ》むばかり

*

野の寺の観世音寺の広前のこの寂けさのきはまりなかりき

石ころを蹴ればころがりゆきにたり観世音寺の寂滅界に

有難や不可称不可説《せ》不可思議の功徳身に充つ拝《をろが》みながら

近づきて仰ぐ梵鐘湧念のごときもの没念のごときものかや

気仙沼湾

島回《しまみ》ゆく観光船のデッキにてうらうらとわれ湾を見わたす

大島瀬戸、西水道に二《ふた》わかれ秋のうしほは流るるかなや

気仙沼昼の断片　一艘の小舟現はれ湾をいでゆく

リフトにて山峡のぼる天上に召されて帰る者のごとくに

山上にたち瞑想に耽りたりこころの憂《う》さを晴らさむとして

負け犬のごとく生き来ぬ戦争に狩りだされ戦後働きつめて

憬れのごとくに松の木の間には気仙沼湾の遠き島山

こころのぎざぎざとせる断面に気仙沼湾のうしほ差しつつ

虚空より秋のひかりの降り注ぐ青海原をみてもどりきぬ

たそがれの気仙沼湾の寂けさや遠白波も岸をうつ波も

艸氏状類

むらぎものわれの心理に作用して哀しみを抽《ひ》きいだすものあり
ぶよぶよとせる脳髄のごときもの堀川に浮かび流れてゐたり

堀川に小波《さざなみ》おこるわが胸の震へのごとくさざ波おこる

舎利弗《しやりほつ》と優婆離《うばり》の二仏仄仄とうつつごころに竝み立たしけり

右眼宿月左眼宿日しづまりて坐《ま》せる如来に我は近づく

友寂しブラック・ジャックの札撒き《ディーラー》のごとき面《おも》して家ごもるらん

満天星《どうだん》のひと木みて立つ壺状のちさき花多《さは》に垂り下がれるを

莫迦と莫迦ふたり電話に語る時マイクロ回線に哀しみ充ちて

世の中の不幸を一身に集めたる感じとなりて一日《ひとひ》昏れなむ

妻われとなづさひながらあり来しがものの勢《はづ》みに倦みにけらしな

わがからだ捩れてゐたり輾転し反側したるのちのしばらく

暗暗《くらぐら》と夜《よる》のカーテン垂り下がる惟《おも》ふにわれは一匹の蟇《ひき》

空間と時間のなかに降りそそぐ雨を聴きをり夜のほどろは

前世より鳴りつづけゐる音のごと廂をたたく昧爽《あけがた》のあめ

骨を抜き己《おのれ》の背後に投げ棄つるごとくにし人自殺をはかる

人生に倦みし男がひとしきり生の哀歓を語りはじめぬ

ぐらぐらと身体《からだ》前後に揺るるほど怒りて妻を思ふこと有り

南《みんなみ》の空のまほらに現れてなにかしてゐるヘリコプター一機

淡紅《とき》いろのリプラジエニヤの花可憐四月二日に夢のごとくひらく

一斉にあぢさゐ芽吹くバス停の脇の郵便局の籬《まがき》に

中楽は遠見《とほみ》を本《ほん》にしてゆるやかにたぶたぶとあるべしと然《しか》云ふ

瑞巌寺庫裏の暗きに立つ時しわれの身体《からだ》は嗟《ああ》仄めきて

松島に小雨そぼ降るわが心の遠近感《ヴイスタ》がなかに小雨そぼ降る

小料理屋「仙台湾」にて磯臭き海鞘《ほや》にたぢろぐホモ・サピエンス

妻籠《つまごみ》にわれはゐるなり横浜市金沢区片吹《かたぶき》百四番地

隣室に高二のむすめ棲息しをりて折々寂しむらしき

球形の集散花序のあぢさゐが薄青く咲くときは来にけり

目の鱗《うろこ》の剝がれ落ちたる感じしてひとと訣れしことありけり

後記

「胡麻よ、ひらけ」は昭和二十年代前半の作、また、「品川の沖の汽笛」は同後半頃から一部三十年代にかけての作品。「猿飛佐助」は同三十年代、「泥」に発表したもの。「こころのコレスポンダンス」と「気仙沼湾」は四十年代前半、最後の「艸氏状類」は昭和五十一年作である。

四、五年おきに、断続的に作歌したもので、怠慢というか、無力というか、何んとも言いようがない。歌集発行の意味は余り認められないが、そうかと言って自分の歌に愛着がない訳でもない。一冊ぐらい歌集があってもよかろう。まあ買い溜めたこけし人形をショーケースに並べてみるようなものか。

この歌集発行に当って、宮柊二氏、片山貞美氏にたいへん恩恵を蒙った。金子一秋氏、岡部桂一郎氏等「泥の会」同人にも併せて感謝申し上げたい。また、伊麻書房社長の今村寛氏には色々とご厄介を煩わした。記して感謝申し上げます。

○

記録がまったく無いし、収録のしようもないので外してしまった昭和二十年以前の歌を、いま頭の中で思い浮かべながら、ランダムに並べてみた。

風に逆ふ蜻蛉はしばし空間のひとつところに己れを保つ
屋根長き倉庫二棟が並び立ち単線路錆びて奥に入《い》りゆく
午後の日のしづかにあれば沖の方航空母艦が来て帰るなり
目閉づればクリーム色の壁はあり病室の窓にほうせん花散るらし
思ひ詰めて訪ねゆきしがめんどりの卵のことのみ話して帰る
嘗て無きことなり父に従ひて字《あざ》前島の田中もとほる
朝明けに回《もとほ》りくれば小田にひく水の水門《みなと》の音溢れたり
嶺雲をとよもしきたる風息の暑苦しさに君は衰ふ
戦車廠にわが入りくれば風温《ふうおん》のいまだ残れる戦車が並ぶ

おおむね十代の頃の歌。供養のつもりでここに書き留めておく。

昭和五十三年十月

著者

略年譜

大正11年（一九二二）
一月二十一日、東京都日本橋浜町に生まれる。十歳代で作歌を始め、「アララギ」「短歌人」「コスモス」、また宮柊二、葛原繁らによる「一叢会」等に在籍。

昭和33年（一九五八）
「泥」に参加。同人には岡部桂一郎、片山貞美、金子一秋、山崎方代らがいた。

昭和39年（一九六四）
第十号をもって「泥」終刊。郵政省の職を辞し、全日本空輸に転職。特定の結社に所属せず、活動を続ける。

昭和53年（一九七八）
十二月、第一歌集『胡麻よ、ひらけ』（伊麻書房）刊行。

平成9年（一九九七）
角宮悦子らによって草柳を囲む「独楽の会」が横浜で発足。以後、横浜歌人会の事務局長、代表委員を歴任する。

平成10年（一九九八）
横浜読売・日本テレビ文化センター短歌教室講師。

平成19年（二〇〇七）
病気のため、同講師を退任。回復後、金沢区短歌会会長をつとめる。

平成29年（二〇一七）
四月十七日、死去。

解説

阿波野巧也

草柳繁一『胡麻よ、ひらけ』は一九七八年（昭和五十三年）に刊行された。草柳は一九二二年（大正十一年）の生まれなので、齢五十を過ぎてから出された第一歌集となる。

草柳のエピソードとして、歌人集団の会合で好きな歌人を問われた際に、「土屋文明、吉井勇」と答えたというものがある。彼は、「僕は多くアララギの歌風に傾倒していた」と「泥」一号の「ロマンの残党」という文章に書いている。けれど、彼の歌には「アララギの歌風」におさまらない歌柄の大きさがある。それは例えば、対句を用いたリズム構成や、「こころ」という言葉の多用などに表れている。

死にむかひ総ては満ちてゆくといふ昼のこほろぎ夜のこほろぎ
これやこの心の交感《コレスポンダンス》或る夜閃き或る夜仄かに

「昼のこほろぎ夜のこほろぎ」や、「或る夜閃き或る夜仄かに」といった対句的なリフレインが歌に余白と伸びやかなリズムを与える。一首目は「死にむかひ総ては満ちてゆく」という観念に普遍性がある。「総て」とは生き物総て、あるいはもっと大きなカテゴリーの存在総てだろうか。「総てのものに死がある」のではなく、総てが死に向かって「満ちてゆく」という空間的・立体的な把握をすることによって、上の句を受け止める「昼のこほろぎ夜のこほろぎ」というフレーズが奥行きを持つ。二首目の上の句はコ音の頭韻に加え、ラ行音を絡めることによって軽快で愛誦性のあるフレーズとなっている。「心の交感」についてのディテールが下の句で明かされるのではなく、その交感は閃きのように自分の中で起こったり、仄かに感じられたりするものであるのだと言っている。観念的であまり具体的意味のない歌ながら、不思議な愛誦性を持つ。

病むわれのからだのなかに縞なして杙のたつこそかなしかりけれ
一頭の老いたる麒麟歩みくるわれのこころの秋風のなか
わがこころに丸・三角の悲しみの群あつまりて語り合ふなり

自らの「からだ」や「こころ」を詠おうとした歌が多い。右に挙げた三首はいずれも、「杙」、「老いたる麒麟」、「丸・三角の悲しみの群」が自分の身体や心の中に存在している、ということを詠っている。「杙」や「麒麟」、「丸・三角」が何を意味しているのか、ということはそこまで重要ではなく、これらの歌は草柳の「悲しみ」のバリエーションのようなものだと思えば彼の美質が見えてくる。一首目では、病んでいることに悲しさがあるのではなく、病んだ自分のなかに縞をなした杙が立っている（ような感じがする）ことに悲しさを見出している。病から悲しみへと直線的につなげるのではなくて、病→杙→悲しみ、とひとつ具体物を挟んで間を作ることで、「悲しみ」に対する距離をとっているのだ。それによって、「悲しみ」がじんわりと、ゆっくりと読者に手渡される。三首目も同様で、「わがこころが悲しい」では歌にはならない。こころの中に「悲しみ」が形状を持った群としてやってくる、さらには語り合う、という風に自らの「悲しみ」を捉えているところがいい。感情は数えられないどろどろとしたものだけれど、それをあえて「丸・三角」というシンプルな幾何形状にあてはめて「群」と表現しているのもおもしろい。ここには、心とか悲しみとか、そういった大きな総体を微分して細かく捉えていくような眼差しがあるのではないだろうか。

幸福を祈りますなどとこのわれが海老茶のソフト傾けて言ふ
三十にして志立たざればダンスホールに来て踊る哉

歌集の冒頭部分には、「ゆっくり、できれば声にだし、思い入れよろしく、読んでください。」と書かれている。この気負いのない、茶目っ気たっぷりな一文のおかげだろうか、草柳の歌は悲しみや暗さを詠っていたとしても、どこかほの明るい印象を私に与える。

「海老茶のソフト傾けて言ふ」や、「ダンスホールに来て踊る哉」といったフレーズには、演技がかったような芝居っぽさが含まれている。「芝居っぽい」というのはともすれば「嘘っぽい」に転じてしまい、良くない印象をもたらすこともあるのだが、草柳の芝居がかった歌は、そうはならない。それは、彼の芝居気が、どこか深刻さを包み隠すように発露されるからだ。

「幸福を祈りますなどとこのわれが」言っている。つまり「われ」は幸福を祈りますと言うようなポジションでは通常ないのだ。たとえば他人の幸福を祈る余裕もないほど困窮している状態なのかもしれない。そのような、幸福を祈るタイプではない「われ」が、海老茶色のソフト帽を傾けて他者と対峙している。芝居っぽさが、本来の「われ」をほの明るく塗り替えているのではないか。

ダンスホールの歌も同様に、三十歳にして志を立てられていないことは「われ」にとって深刻なことかもしれないけれども、それを軽快に受け流すように、ダンスホールで踊っている。ただのちゃらんぽらんとも言えるし、逆に切羽詰った感じをおどけることで耐え抜いているようにも見える。

他には、声に出して読まれることを想定したような、まじないめいた歌も目立つ。

草柳繁一享年二十六情火消滅嘆息信士
胡麻よひらけ胡麻よひらけといふ声の低き呪言の今宵きこゆる
東京は晴れ札幌は俄か雨水戸高曇り春のひと日や

もちろん、草柳の享年は二十六ではない。「信士」というのは位号で、戒名につけられるものだから、自らの戒名を戯れにつけてみた、という歌だろう。「情火消滅」は情欲の火が消えるということだろうから、それに「嘆息」しているのかもしれない。この歌は巻頭歌だが、一首全体が漢字で書かれていて、更にはこの内容なので、読者は面食らうことになる。しかし、意味を超えた短歌の呪文性・念仏性のようなものを纏ったこの歌を歌集の一首目とすることは、「思い入れよろしく、読んでください」と冒頭に述べることと、根底の部分で通じ合っているのではないだろうか。

「胡麻よひらけ」の歌は、歌集の表題歌にあたる。これもまた厄介な歌である。「開けゴマ」は扉をあける有名な呪文。それを倒置した「胡麻よひらけ」という「呪言」が低い声で聞こえてくる、というだけの歌だ。この歌では、自分がどこに居て、どこからそれが聞こえてくるのか、誰がそれを言っているのか、といったことがすべて伏せられている。ただ、その呪文が低い声で夜中に響いている、ということしかわからない。そのことがこの歌にミステリアスな雰囲気を与え、魅力となっているのだろう。草柳自身も述べていることだが、「ひらけ胡麻、ひらけ胡麻」

ではこの歌はだめで、リズムのために「胡麻よひらけ、胡麻よひらけ」という形に変えられてリフレインされている。少しの違いではあるが、決定的な違いでもある。なぜならこの歌は、明確な意味やストーリーを一首の中に持たないために、それ自体が「呪言」のような形で読者に訴えかけてくるからだ。初句六音のゆったりとした入りや、「声」「低き」「今宵」「きこゆる」と、絡みつくように現れるk音がこの歌の呪文性を高めているのである。

三首目も、春の日の各地の天気を言っただけの歌だが、不思議な爽快感のある歌だ。四句目の「水戸高曇り」の、ここだけ助詞が抜かれたフレーズの七音。ここで歌の緊張感は高まり、それを結句の「春のひと日や」できれいに回収する手さばきに由来する爽快さなのかもしれない。テンションコードの和音の後に、落ち着いた和音へと収束するような気持ち良さがここにあると思う。

＊

草柳の歌を読むと、短歌の自由さに触れ直したような気持ちになる。リズムの気持ちいい歌や、喩を通じてこころを詠う歌。他にも、妻や娘のことを素直に愛する歌などもある（これがお世辞にもあまりいい歌とは言えないのが彼らしいかもしれない）。最後に、いままで挙げた以外に好きだった歌を挙げる。

消火栓いだきて嘔吐する時にとほき歩道にひと暗くたつ
頭蓋骨の中に小鳥が栖むといふかなしきことを考ふるなり
つまらなくわが青春は過ぎゆくと夜明けの硝子少し濡れてゐる
てのひらの皮剝ぎとればSpoonや鳥の骨などがはひつてゐた
幽玄なミステリアスな一本の灌木たてりわがまなかひに

一見まとまりがなくてばらばらなようにも見えるが、しかし何度も読んでいくと、どの歌にも草柳らしい、自在な息づかいがあるように感じられてくるのである。一冊しか歌集が残されなかったことを惜しくおもう。

本書は昭和五十三年、伊麻書房より刊行された。

GENDAI
TANKASHA

歌集　胡麻よ、ひらけ〈第一歌集文庫〉

平成三十年六月九日　初版発行

著　者　草柳繁一
発行人　真野　少
発行所　現代短歌社
〒一七一－〇〇三一
東京都豊島区目白二－八－二
電話　〇三－六九〇三－一四〇〇
装　丁　かじたにデザイン
印　刷　日本ハイコム
定価　本体８００円＋税
ISBN978-4-86534-225-3 C0192 ¥-800E